AF286266

Deutschlandlauf

Hermann K.H. Evers

Deutschlandlauf

1977 – 1993

Bibliografische Information der Deutschen Nationalbibliothek:
Die Deutsche Nationalbibliothek verzeichnet diese Publikation in der Deutschen Nationalbibliografie;
detaillierte bibliografische Daten sind im Internet über
http://dnb.d-nb.de abrufbar.

Satz, Umschlaggestaltung, Herstellung und Verlag:
Books on Demand GmbH, Norderstedt
ISBN: 978-3-8448-6257-7

Inhalt

Vorwort

»Viele Lande hab ich gesehen und überall nach dem Besten gespäht, aber deutsche Zucht geht allen vor. Deutsche Männer sind wohlgeartet, recht als Engel stehen die Weiber da. Tugend und reine Minne, wer die sucht und liebt, der komme in unser Land, denn da gibt es noch beide.«

Walther von der Vogelweide

Volk heißt gotisch »thiuda«, niederländisch »duits«, dänisch und schwedisch »tysk«. Deutsch ist die Sprache des Volkes. Karl d. Gr. sagte von sich, er spräche »theodisce«. Folgerichtig bezeichnete Jakob Grimm alle Sprachen der germanischen Völker als »deutsch« und alle Germanen als »Deutsche«.

Luís de Camões, der größte Dichter der Portugiesen, schrieb, wie Scholl-Latour berichtet, über die protestantischen Niederländer, die zu seiner Zeit noch zum Deutschen Reich gehörten:

Ihr seht der Deutschen hochmütige Herde,
Die sich auf weitflächigem Feld ernährt,
Den neuen Hirten wählt der neuen Lehre
(gemeint sind Calvin und Luther)
Und gegen Petri Erben aufbegehrt.
Ihr seht beladen sie mit Kriegsbeschwerden,
Da sie der blinde Wahn noch nicht belehrt,
Nicht um den stolzen Türken zu verjagen,
Nein, um das hohe Joch (des Papstes) nicht mehr zu tragen.

7

Inzwischen haben viele germanische Völker – die Angelsachsen[1], die Flamen, die Skandinavier etc. –, eigene Sprachen entwickelt, so daß gemäß meinem »Meyer« von 1892 nur noch die das heutige Deutsch Sprechenden als »Deutsche« bezeichnet werden.

U.a. als Folge der zwei Dreißigjährigen Kriege (von 1618 bis 1648 und von 1914 bis 1945) lebt nur noch ein Teil der Deutschen im obigen Sinne im jetzigen Deutschland. Österreicher, Schweizer etc. bezeichnen sich nicht mehr als Deutsche. Allerdings erscheint es skurril, die Sudetendeutschen als Österreicher, die Südtiroler als Italiener und Albert Schweitzer als Franzosen zu bezeichnen.

Für unseren Lauf orientierten wir uns am Deutschland der 1356 auf dem Reichstag in Metz veröffentlichten »Goldenen Bulle« Karls IV., einem Luxemburger, der in Prag residierte.

Im Jahre 1502 schrieb der bedeutende Elsässer Humanist Jakob Wimpfeling aus Schlettstadt, einst freie Reichsstadt: »Es ist etwas Köstliches um das Glück, Deutscher zu sein und im gesegneten deutschen Land zu wohnen.«

Das aus diesen Zeilen sprechende Zusammengehörigkeitsgefühl der Deutschen ging durch die Reformation und den Dreißigjährigen Krieg verloren, so daß Goethe 1796 den Deutschen riet:

> Zur Nation Euch zu bilden
> Ihr hofft es, Deutsche, vergebens.

Indessen: »Alles fließt«!

Wenige Jahre vor der »Wende« schrieb mein Vorgesetzter den Entwurf einer Rede zur »Lage der Nation«. Gemeint waren Westdeutschland und Westberlin!

---

1 Das Angelsächsische wird noch 786 in einem Bericht an den Papst als »theodisca linguae« bezeichnet.

8

Er wurde übrigens später Präsident der Bundesbank und hat sich als solcher für die Einbeziehung Italiens und Belgiens in die Währungsunion ausgesprochen, obwohl beide Staaten die Kriterien für eine Einbeziehung in die Währungsunion nicht erfüllten. Es heißt, daß Bayern (Stoiber) seine Zustimmung zur Aufgabe der Mark vom Votum der Bundesbank abhängig gemacht hatte.

Dieser Schritt war der erste hin zu einem »Versailles ohne Krieg«, so der »Figaro«.

Weitere derartige Schritte taten Waigel, Schäuble und Merkel. Seit der verfassungswidrigen Einführung des Euro hat sich die Position Deutschlands verschlechtert – bezogen auf die Entwicklung des europäischen Pro-Kopf-Einkommens. Durch die schrittweise Umwandlung der Währungsunion in eine Haftungsgemeinschaft wird sich unsere europäische Position insoweit vermutlich weiter verschlechtern.

Hohes Venn

1977

Um uns auf den großen Lauf vorzubereiten, liefen wir verschiedentlich zum ehemals preußischen – zur Zeit belgischen – Truppenübungsplatz Elsenborn im Hohen Venn. Am Wochenende trifft man dort weder auf Soldaten noch auf Zivilisten, denen das Betreten des Geländes streng verboten ist. Weil es dort auch keine Landwirtschaft gibt, ist daraus ein Refugium für wilde Tiere geworden. Infanterie, Artillerie und Panzer scheinen wilden Tieren weniger zu schaden als Bauern, Jäger und Förster.

Erste Etappe

Juli 1977

Brühl – Trier

Im Jahre 1977, am 2. Juli, begann ein Lauf, der rund um Deutschland führen sollte. Start war um 2 Uhr morgens am Schloß Brühl bei Köln. Unser Plan war, zunächst in zwei Tagen auf dem Karl-Kaufmann-Wanderweg nach Trier zu laufen. Laut Wegmarkierung des Eifelvereins sollte die Strecke 175 km lang sein. Es mußten jedoch in diesen zwei Tagen schätzungsweise 250 km zurückgelegt werden. Dies war nicht die Schuld des Eifelvereins, sondern die Schuld unserer staatlichen und privaten Forstwirte, die bei ihren Rodungskampagnen keine Rücksicht auf markierte Bäume nehmen. Wenn an einigen entscheidenden Punkten die Markierungen fehlen, können bei sehr langen Strecken leicht Abweichungen der obengenannten Art zusammenkommen.

Tagesziel war das Schalkenmehrer Maar bei Daun in der Eifel. Ich erreichte es gegen 18 Uhr – also nach 16 Stunden – und machte den Fehler, in dem schon im Schatten liegenden Kratersee noch ein Bad zu nehmen, wodurch ich Schüttelfrost bekam. Der letzte Läufer erreichte das Ziel gegen 23 Uhr, war also 21 Stunden unterwegs.

Wegen der Überanstrengung am ersten Tag gab es am zweiten sehr heißen Tag mehrere Ausfälle, so daß außer mir nur ein Läufer Trier zu Fuß erreichte.

Am Lauf teilgenommen hatten:
Dieter Schmidt, Jg. 31
Hermann Evers, Jg. 35
Michael Graf Korf, Jg. 40
Helmut Brenig, Jg. 42

Wilfried Wilke, Jg. 43
sowie ein Radfahrer und eine Ehefrau im PKW.

Helmut Brenig, mit dem ich am zweiten Tag nach Trier lief, Spitzname »HB«, hatte sich zwei große Pflaster auf die Brust geklebt, um seine Haut zu schonen. Wegen der großen Hitze legten wir uns mehrfach in die Salm. Dadurch lösten sich die Pflaster. Wir liefen »oben ohne«, so daß Helmut einen gewaltigen Sonnenbrand bekam; nur nicht dort, wo vorher die Pflaster waren. Nach einer Weile begriffen wir, warum ihn die Entgegenkommenden so merkwürdig anstarrten. Sie glaubten wohl, er trüge einen Büstenhalter. Von da ab wurde sein Spitzname in »BH« geändert!

Zweite Etappe

Oktober 1977

Trier – Spicherner Höhe

Der zweite Abschnitt führte von der Porta Nigra in Trier zu der Spicherner Höhe bei Saarbrücken. Der Lauf fand im Oktober des gleichen Jahres statt, es war also wesentlich kühler. Die Strecke war mit ca. 130 km erheblich kürzer und führte etwa zur Hälfte über Straßen. Wegen dieser günstigen Umstände gab es keine Ausfälle. Lediglich der die Läufer begleitende Radfahrer hatte einen »Maschinenschaden« und fiel aus – ebenso wie sein Kollege auf der ersten Etappe.

An diesem Lauf nahmen außer besagtem Radfahrer und Renate mit Kindern im PKW teil:
Helmut Brenig
Hermann Evers
Wilfried Wilke.

Die Erstürmung der Spicherner Höhe, hervorgegangen aus dem preußischen Grundsatz, den Gegner »nicht von der Klinge zu lassen«, war eine der größten Waffentaten aller Zeiten.

Die weit überlegenen Franzosen, über 30 000 Mann, hatten die Spicherner Höhe mit reihenweise übereinanderliegenden Schützengräben und Verhauen so stark verschanzt, daß sie für uneinnehmbar galt: »Das Gewehr als Stütze benutzt, zuweilen auf Händen und Füßen, kletterten die wackeren Füsiliere den steilen Hang hinauf. Nicht darin lag jedoch das rechte Wagestück, sondern im Entschluß, oben angelangt, dem feindlichen Feuer die atemlose Brust unbeschützt entgegenzustellen.«

General von François schritt voran. Von fünf Kugeln getroffen, verschied der Held mit den Worten: »Es ist doch ein schöner Tod auf dem Schlachtfeld; ich sterbe gern, da ich sehe, daß das Gefecht vorwärtsgeht.«

Oben angekommen, leerten die Läufer, Renate und die Kinder am Grabe dieses Generals eine Flasche Champagner.

Dritte Etappe

1978

Saarbrücken – Großer Belchen

Die dritte Etappe führte über ca. 250 km in drei Tagen von Habkirchen an der Bliss bei Saarbrücken durch Lothringen und die Vogesen bis zum Markstein in der Nähe des Großen Belchen. An diesem Lauf, der Anfang August 1978 stattfand, nahm außer mir lediglich Roland Schmerler, Jg. 27, teil. Da wir kein Begleitfahrzeug hatten, liefen wir im Morgengrauen gegen 4 Uhr los und beendeten den Lauf am frühen Nachmittag, um mit öffentlichen Verkehrsmitteln und Taxen zu Zelt und Wagen zurückzukommen.

Am Abend des ersten Tages trafen wir uns mit zwei meiner ehemaligen Klassenkameraden in Straßburg. Wir liehen ihnen Rolands neuen Audi – sein ganzer Stolz – und verabredeten uns für den nächsten Abend am Weißen See, dem »Lac Blanc«, wie er neuerdings heißt. Er liegt in 1054 m Höhe nahe dem Vogesenkamm.

Zuvor schauten wir uns das Münster an. Zum ersten Mal hatte ich die einst herrlichste Kathedrale des Reiches – das »Monumentum Germaniae« (so Dehio) – im Jahre 1941 gesehen. Damals wehte am 142 m hohen Turm die Hakenkreuzfahne.

Ein Elsässer dichtete in jener Zeit etwas holprig:

Mein Straßburg, mein Straßburg
Du herrliche Stadt

Erzitterst Du heute vor Glück
Seitdem das Münster das Hakenkreuz hat
Das gibt es nie wieder zurück.

Vier Jahre später wehte dort die Trikolore.

Schon 1870 jubelte Ferdinand Gregorovius:

Schönster Tag von Deutschlands Tagen
Wenn die letzte Schlacht geschlagen
Auf das Münster pflanzen wir
Unser wallend Reichspanier.

Goethe, ein – ebenso wie Gregorovius – des Chauvinismus unverdächtiger Gewährsmann, schrieb 1772 in seinem Aufsatz »Von deutscher Baukunst«:

»Und nun soll ich nicht ergrimmen, heiliger Erwin, wenn der deutsche Kunstgelehrte, auf Hörensagen neidischer Nachbarn, seinen Vorzug verkennt, dein Werk mit dem unverstandnen Worte Gotisch verkleinert, da er Gott danken sollte, laut verkündigen zu können: Das ist deutsche Baukunst, unsre Baukunst, da der Italiener sich keiner eignen rühmen darf, viel weniger der Franzos.«

Den beiden hatten wir eingeschärft, den Wagen am Seeufer und keinesfalls etwa in der Nähe des Sees abzustellen.

Als wir am Abend den See erreichten, waren kein Auto und kein Klassenkamerad zu sehen. Wir setzten uns in eine Gastwirtschaft und tranken Unmengen Rotwein, weil wir in Turnhemd und Turnhose bald fürchterlich froren. Nach zahlreichen Telefonaten und mit sehr viel Glück ermittelten wir, daß die zwei Chaoten auf einem nahegelegenen Zeltplatz waren, das Auto am Waldrand unverschlossen abgestellt hatten, den Tankverschlußschlüssel verloren hatten und fast

16

kein Benzin im Tank war. Roland – ein bärenstarker Raufbold und schlimmer Schlagetot –, hätte die zwei am liebsten erschlagen. Zudem führte er eine Pistole mit sich. Kaum war ich eingeschlafen, wachte ich auf, weil ein Schuß gefallen war. Ich befürchtete das Schlimmste. Zum Glück hatte sich der Schuß lediglich in meiner Gaspistole gelöst. Ich hatte sie meinem Klassenkameraden Rolf zum Schutz gegen den rasenden Roland gegeben. Er hatte sie in der Seitentasche seines Zeltes verstaut und auf der Suche nach einer Taschenlampe in eine seiner zwei linken Hände bekommen. Rolands Haß auf alle Akademiker bekam so neue Nahrung. Einer der beiden wurde übrigens alsbald Minister.

Schmerler war im Krieg Angehöriger der Leibstandarte und entkam durch eine Kloake aus einem Gefangenenlager der Russen – vielleicht der einzige LAH-Mann, der eine sowjetische Haft überlebte. Nach dem Krieg wurde Schmerler übrigens Mitglied der Gesellschaft für deutsch-sowjetische Freundschaft – les extrêmes se touchent.

> Wir sind die Schwarze Garde
> Die noch nie ein Feind gefällt
> Des Führers Leibstandarte
> Das beste Corps der Welt.

Insbesondere die Nordvogesen sind von großartiger Einsamkeit. Meist sahen wir während vieler Stunden keinen Menschen. Allerdings waren auch die Wege – der geringen Benutzung entsprechend – nicht oder schlecht markiert, so daß viel Zeit für die Orientierung mittels Karte und Kompaß verlorenging.

Anders als im Hunsrück und in der Eifel gibt es im Sandstein der Vogesen über lange Strecken keine Wasserstellen, so daß wir verschiedentlich Durst litten. Dafür gab es große Mengen an Blaubeeren und – zuweilen – Himbeeren, die auch den Durst stillten.

17

KHP (so nannten wir kulturelle Höhepunkte) war die Festung Bitsch in Lothringen. Das »Castrum Bytis« der Römer liegt auf einem 80 m hohen Felsen über dem bis 1766 »Kaltenhausen« genannten Ort gleichen Namens. Der Berg war bis ins 19. Jahrhundert von Wasser und Sumpf umgeben. Deswegen und wegen seiner tief in den Felsen gehauenen Gräben und Kasematten konnte die Festung trotz einer vom August 1870 bis zum März 1871 dauernden Belagerung nicht eingenommen werden. Die tapferen Verteidiger durften die Festung im März 1871 mit allen militärischen Ehren verlassen. Die deutschen Belagerer standen Spalier.

Vom Weißen See sind es nur wenige Kilometer nach St. Dié, dem einstigen Sankt Diez.

Im dortigen elsässischen Kloster wurde eine Landkarte im Jahre 1440 – also lange vor der »Entdeckung Amerikas« durch Columbus – angefertigt. Sie läßt unter anderem die Hudsonbucht und den Lorenzstrom erkennen! Gleichfalls aus St. Diez stammt eine Karte der Welt aus dem Jahre 1507, die »Carta Marina Navigatoria« von Martin Waldseemüller aus Freiburg im Breisgau, die die damals offiziell noch unbekannte pazifische Küste Südamerikas ausweist (Magellan erreichte den Pazifik erst nach 1520)! Diese Weltkarte (ein Unikat!) wurde im Jahre 2001 mit Zustimmung der Bundesregierung unter Mißachtung des Kulturschutzgesetzes an die Vereinigten Staaten verscherbelt. Da die Franzosen 150 Jahre später Sankt Diez dem ohnmächtigen Reich raubten, bezeichnete die FAZ anläßlich der Missetat der Bundesregierung diese Karte – inzwischen von der UNESCO zum Weltdokumentenerbe erklärt – als französisches Kulturerbe! Wahrscheinlich wird im Rahmen der »political correctness« auch Kant bald als russischer Philosoph bezeichnet werden!

Alexander von Humboldt wies übrigens nach, daß die Bezeichnung »Amerika« für die »Neue Welt« gleichfalls von Waldseemüller stammt.

18

Vierte Etappe

1979

Vogesen – Bozen

Im Frühsommer des folgenden Jahres lief ich mit Roland Schmerler und Wilfried Wilke in zwei Tagen vom Markstein auf dem Kamm der Vogesen über den Großen Belchen und den Hartmannsweilerkopf durch das sehr heiße Rheintal zum Schluchsee im Schwarzwald, von wo es kurze Zeit später in zehn Tagen nach Bozen ging, und zwar vom Schluchsee aus nach Schaffhausen, dann an der Thur entlang nach St. Gallen. Am dritten Tag passierten wir zwischen Säntis und Appenzell ein Gebirgsmassiv, um in das Rheintal zu gelangen. Dem Rhein folgten wir bis zur Landquart, einem Nebenfluß des Rheins, der hinter Vaduz in Richtung Davos abzweigt und uns bis zu dem 2000 m hohen Vereinapaß führte. Diesen mußten wir überschreiten, um in das Engadin zu gelangen. Von dort ging es über den 2300 m hohen Cruschettapaß in den Vintschgau und sodann entlang der angenehm kühlenden Etsch von Meran nach Bozen.

Unweit der Statue Walthers von der Vogelweide steht ein »Siegesdenkmal« Mussolinis mit der Inschrift: »Hier an den Grenzen des Vaterlandes setze die Feldzeichen. Von hier aus bildeten wir die anderen durch Sprache, Gesetze und Künste.«

Südtirol »eroberten« die Italiener nicht durch einen militärischen Sieg, sondern durch Verrat – sie nennen es »sacro egoismo«. Der greise Kaiser Franz Josef nannte es in einem Manifest an seine Völker einen »Treuebruch, desgleichen die Geschichte nicht kennt«. Daher ist dieses

Bauwerk eher ein Schandmal als ein »Triumphbogen« und sollte die Inschrift tragen:

Et corrigeant ainsi la fortune ennemie
Rétabit son honneur à force d'infamie.

Ein KHP dieser Etappe war der Hartmannsweilerkopf, mit dem sich für mich manche Erinnerung verbindet:

Auf Besuch bei meiner Tante Louise und meinem Onkel Nicolas, einst preußischer Dragoner, im Jahre 1939 sah ich, der Berliner, zum ersten Male in meinem jungen Leben ein Gebirge, den Wasgenwald. Auf dem Gipfel war ein riesiges Kreuz zu sehen. Fortan drängte es mich, dorthin zu gelangen, zum Hartmannsweilerkopf, dem »Berg des Todes«.

Meine Mutter, die am Fuße des Hartmannsweilerkopfes aufgewachsen war, erzählte schauerliche Geschichten, die sich dort oben vor gut 20 Jahren ereignet hatten. 60 000 Deutsche und Franzosen seien dabei gefallen, so sagte sie. Seitdem war ich mehrmals auf dem neuerdings von den »Siegern« »Vieil Armand« genannten Berg.

Ich stellte fest, daß das von der Rheinebene aus zu sehende Kreuz auf dem sogenannten »Aussichtsfelsen« steht. Diese Höhe eroberten die Franzosen im März 1915. Von dort aus konnten sie die Eisenbahnlinie Kolmar – Mülhausen sowie die Zugangswege zum Gipfel unter Beschuß nehmen. Deshalb mußte dieser Felsen wieder in deutsche Hand gelangen. Dies geschah einen Monat später.

Besonderen Eindruck machte auf mich die von der »Hexenküche« über die »Rohrsappe« zum Gipfel führende »Himmelsleiter«. Einen Eindruck vom Kampfgeschehen an der »Himmelsleiter« vermittelt folgendes Gedicht eines unbekannten, wohl alsbald gefallenen Gebirgsjägers:

20

In der Hexenküche
Wenn der Dämmerung erste Schatten
Decken dieses Trümmerfeld
Und zum Spiel der Mäuse und der Ratten
Sich des Käuzchens Ruf gesellt
Wenn das Auge späht ins Dunkel
Jeder Laut verdoppelt hallt
Und von unten aus dem Tale
Fleißiger Hammerschlag erschallt
Steig ich in die Hexenküche.
Über Steingeröll und Löcher
Führt zum Fels hinauf der Pfad.
An der Seite lauert tückisch
Unser eigner Stacheldraht.
Eine Leiter steil am Felsen
Führt zu meinem Postenstand
An der Wand der Hexenküche
Recht hinunter an den Felsen
Sieht man in die tiefe Schlucht.
Manch unbegrabne Leiche
Füllt mit Pestgestank die Luft.
Vorne sitzt in tiefer Sappe
Wohlgeschützt der grimme Feind
Daß er melde seiner Wache
Wenn er zu verspüren meint
Unruh auf der Hexenküche.
Darum stille, lauschend, spähend
Halte ich den Blick geradeaus.
Meine Kameraden unten spähen
Nach den Seiten aus.
Fängt von drüben an das Stänkern
Handgranaten wirft der Franz

Rückwärts richt Euch schnell hinunter
Denn der Teufel ruft zum Tanz!

Wegen ihrer am Hartmannsweilerkopf bewiesenen Tapferkeit erlangten die französischen »Alpenjäger«, »les Chasseurs alpins«, besonderes Ansehen.

Auch der Freund meiner Cousine Liesel war Chasseur alpin. Als wir wegen des Deutschland von Frankreich und Britannien erklärten Krieges das Elsaß verlassen mußten, meinte er, daß seine Truppe wohl vor uns in Berlin sein würde. Er werde uns einen Korb mit elsässischen Zwetschgen vor unsere Haustüre stellen.
Ich soll zum Abschied gesagt haben: »Edmond, komm hernieder, ich will dich küssen.«

Im Jahre 1220 verließ Friedrich II. von Hohenstaufen das Land seiner Väter. Erst 15 Jahre später kehrte er aus Sizilien in das Reich zurück. Wie es heißt, war die einzige Region Deutschlands, die ihm zusagte, das Elsaß. Nur der sonnige alemannische Gau zwischen Wasgenwald und Rhein gefiel dem von der Sonne Siziliens verwöhnten deutschen Kaiser.

Leider wurde ja das Elsaß, einst bedeutendster Teil des Römischen Reiches Deutscher Nation – ebenso wie Lothringen –, nach 1871 kein selbständiges Bundesland, sondern erhielt als »Reichsland« quasi den Status einer preußischen Kolonie. Die erneute Annexion dieses rein deutschen Gebietes durch Frankreich nach dem Ersten und noch einmal nach dem Zweiten Weltkrieg wurde dadurch sehr erleichtert. Wieder einmal wurde so ein bedeutender Teil des deutschen Volkes zum Kulturdünger Galliens.

Anders als die Südtiroler, versuchen die Elsässer ihre Wurzeln zur alten Heimat zu kappen. Den Zwiespalt in der Seele der seit 2000 Jahren

22

zwischen Rhein und Vogesen siedelnden linksrheinischen Alemannen, beschreibt ein Elsässer, der bis 1945 Hans Egensberger hieß und sich seitdem Jean Egen nennt (!), wie folgt:

»Der Elsässer wünscht sich eine hundertprozentig französische Seele und drängt alles Germanische zurück. Es genügt aber ein Witz über seinen Namen, seinen Dialekt, seinen Akzent, um ihn daran zu erinnern, daß er kein Franzose ist und im Grunde seines Herzens auch keiner sein will. Seinen Minderwertigkeitskomplex gleicht er deshalb durch überhöhten Patriotismus aus.«

Das schafft seelische Konflikte, die das berühmteste Lied der Elsässer so ausdrückt:

D'r Hans im Schnokeloch
Hat alles, was'r will.
Un was'r will, das hat'r nit
Un was'r hat, das will'r nit.
D'r Hans im Schnokeloch
Hat alles, was'r will!

D'r Hans im Schnokeloch
Sagt alles, was'r will.
Un was'r sagt, das dankt er nit
Un was'r dankt, das sagt'r nit.
D'r Hans im Schnokeloch
Sagt alles, was'r will.

Das Buch des Jean Egen alias Hans Egensberger, in dem dieser Zwiespalt beschrieben wird, hat den hübschen Titel »Die Linden von Lauterbach«, ist bisher in 15 Auflagen erschienen und mit Mario Adorf als Schampala – die Elsässer sagen zu »Jean« im für die Alemannen typischen Diminutiv »Schampala« – verfilmt worden.

Wenn die Elsässer, denen der Verfall ihrer Heimat und ihrer Kultur nicht verborgen bleiben kann, trotzdem – jedenfalls den anderen Deutschen gegenüber – ihre Herkunft verleugnen, liegt das wohl an einem Phänomen, das Bismarck am 2. Mai 1871 im Reichstag auf folgende Weise verständlich gemacht hat:

»Es ist nicht meine Aufgabe, hier die Gründe zu untersuchen, die es möglich machten, daß eine urdeutsche Bevölkerung einem Lande mit fremder Sprache und mit nicht immer wohlwollender und schonender Regierung in diesem Maße anhänglich werden konnte. Etwas liegt wohl darin, daß alle diejenigen Eigenschaften, die den Deutschen vom Franzosen unterscheiden, gerade in der Elsässer Bevölkerung in hohem Grade verkörpert werden, so daß die Bevölkerung dieser Lande in bezug auf Tüchtigkeit und Ordnungsliebe, ich darf wohl ohne Übertreibung sagen, eine Art von Aristokratie in Frankreich bildete; sie waren befähigter zu Ämtern, zuverlässiger im Dienst; die Stellvertreter im Militär, die Gendarmen, die Beamten im Staatsdienst in einem die Proportion der Bevölkerung weit überragenden Verhältnis waren Elsässer und Lothringer; es waren die 1 1/2 Millionen Deutsche, die alle Vorzüge des Deutschen in einem Volke, das andere Vorzüge hat, aber nicht gerade diese, zu verwerten imstande waren und tatsächlich verwerteten; sie hatten durch ihre Eigenschaften eine bevorzugte Stellung, die sie manche gesetzliche Unbilligkeit vergessen machte. Es liegt dabei im deutschen Charakter, daß jeder Stamm sich irgendeine Art von Überlegenheit namentlich über seinen nächsten Nachbarn vindiziert; hinter dem Elsässer und Lothringer, solange er französisch war, stand Paris mit seinem Glanze und Frankreich mit seiner einheitlichen Größe; er trat dem deutschen Landsmann gegenüber mit dem Gefühl: Paris ist mein, und fand darin eine Quelle für ein Gefühl partikularistischer Überlegenheit. Ich gehe nicht auf die weiteren Gründe zurück, daß sich jeder einem großen Staatswesen,

24

welches seiner Fähigkeit vollen Spielraum gibt, leichter assimiliert als einer zerrissenen, wenn auch stammverwandten Nation, wie sie sich früher diesseits des Rheins für einen Elsässer darstellte. Tatsache ist, daß diese Abneigung vorhanden war und daß es unsere Pflicht ist, sie mit Geduld zu überwinden.«

Am Schluchsee fing eines unserer Kinder einen Hecht; und zwar mit einer Sicherheitsnadel als Haken und etwas Brot als Köder!

St. Gallen war um das Jahr 1000 n. Chr. der kulturelle Mittelpunkt Süddeutschlands. 926 plünderten die Ungarn dieses Kloster. Der Mönch Ekkehard berichtet darüber:

»Als Abt Engilbert von dem neuen Einfall der Ungarn in Schwaben erfuhr, ließ er die kräftigeren der Brüder die Waffen ergreifen und ermutigte das Gesinde. Auf einem sehr schmalen Berghalse schlug man den Wald aus, errichtete Verschanzungen und schuf so einen befestigten Platz von großer Stärke. Damals lebte im Kloster ein sehr einfältiger und närrischer Bruder, dessen Worte und Taten oft belacht wurden, mit Namen Heribald. Als die Brüder sich nun zur Flucht rüsteten und ihn auch ängstlich aufforderten mitzugehen, antwortete er ihnen: ›Fürwahr, möge fliehen, wer da will. Ich aber will hier bleiben, weil mir der Kämmerer in diesem Jahr das Leder zu den Schuhen nicht gegeben hat.‹

Als ihn die Brüder im letzten Augenblick durch Gewalt zwingen wollten, mit ihnen zu gehen, leistete er starken Widerstand und schwur, daß er den Platz nicht verlassen werde. Und so erwartete er unerschrocken die einstürmenden Ungarn. Während die letzten Brüder flohen, wandelte er in müßiger Weise furchtlos auf und ab.

Endlich stürmten die köchertragenden Feinde herein, starrend von drohenden Wurfspeeren und Geschossen. Sorgfältig durchsuchten sie den ganzen Platz, und es war gewiß, daß niemand bei ihnen Gnade und Erbarmen finden würde. Da trafen sie auf den alten Heribald, der allein unerschrocken in ihrer Mitte stehenblieb. Verwundert darüber, was er wolle und weshalb er nicht geflohen sei, befragten ihn die Anführer der Ungarn durch Dolmetscher, während sie zugleich ihre Leute anwiesen, ihn inzwischen zu verschonen. Als sie merkten, daß sie es mit einem Narren zu tun hatten, ließen sie ihn alle unter Gelächter ungeschoren. Den steinernen Altar des heiligen Gallus berührten sie nicht einmal, weil sie früher häufig durch solche getäuscht worden waren, da sie nichts als Knochen und Asche gefunden hatten. Schließlich erkundigten sie sich bei dem Narren, wo der Schatz des Klosters aufbewahrt sei. Heribald führte sie munter zum verborgenen Türchen der Schatzkammer, das sie sogleich erbrachen. Als sie dort aber nichts als Standleuchter und vergoldete Lichtkronen fanden, wandten sie sich drohend gegen den Narren und ohrfeigten ihn.

Zwei der Ungarn stiegen auf den Kirchturm, weil sie annahmen, daß der auf der Spitze stehende Hahn aus Gold gemacht sei. Während einer der beiden, ein kräftiger Mann, sich vorbeugte, um den Hahn loszureißen, stürzte er von der Höhe in den Vorhof und kam um. Der andere kletterte bis zum höchsten Punkt des östlichen Turmgiebels und schickte sich an, dort zur Beschimpfung des Heiligtums den Leib zu leeren. Da stürzte er rücklings hinab und wurde ebenfalls zerschmettert.«

Über den Cruschettapaß gelangten wir ins Engadin.

Diesen einst ebenso wie in der Gegenwart wenig begangenen Paß überschritt wohl auch Friedrich II. von Hohenstaufen im Jahre 1212. Von Sizilien kommend, gelang es ihm, sich in Aachen zum König des Deutschen Reiches krönen zu lassen. Um diese Krönung zu verhindern, hatten seine Gegner, die Anhänger des Welfen Otto IV., den Brenner und andere sonst benutzte Alpenübergänge gesperrt.

Abgesehen von dem Überschreiten der Pässe ist das Laufen in den

Alpen weniger beschwerlich als im Mittelgebirge, und zwar wegen der zahlreichen langen und ebenen Flußtäler, in denen sich zudem oft köstliche Bademöglichkeiten ergeben. Auch kann man sich wegen der klaren Geländestruktur viel leichter als in den Mittelgebirgen orientieren. Allerdings ist beim Baden Vorsicht geboten. Während man in stehenden Gewässern bei Temperaturen um den Gefrierpunkt noch gut schwimmen kann, kann der Wärmeentzug bei rasch fließendem kalten Wasser sehr groß sein.

An dieser Etappe nahmen außer mir nebst Ehefrau und meinen drei Kindern im PKW noch Roland Schmerler und Wilfried Wilke teil. Ein Radfahrer hätte es wahrscheinlich noch schwerer gehabt, uns zu folgen, als in den Mittelgebirgen. Da die obengenannten verschneiten Pässe und zum Teil ausgesetzten Wege für ihn nicht passierbar gewesen wären, hätte er auf der Straße bleiben und sehr lange Umwege in Kauf nehmen müssen.

Fünfte Etappe

1980

Bozen – Schneekoppe

Die nächste Etappe begann am 10. Juli 1980 und führte in 20 Tagen über etwa 1200 km zur Schneekoppe. An dem Lauf nahmen neben Schmerler, Wilke und mir noch Helmut Brenig, der schon die Etappen Brühl – Trier und Trier – Saarbrücken mitgelaufen war, sowie Bernd Schneider, Jg. 52, und meine Frau nebst Kindern im VW-Bus teil.

Ursprünglich war ein Lauf zur Olympiade nach Moskau geplant, doch die Russen verlangten für jeden Tag im vorhinein einen Übernachtungsnachweis eines Hotels oder Campingplatzes, was bei der unterentwickelten Infrastruktur des Fremdenverkehrs in diesem Land eine unerfüllbare Forderung darstellte – jedenfalls bei Strecken von ca. 60 km am Tag. Die von uns vorgeschlagene Übernachtung in einem Wohnmobil wurde abgelehnt.

Obwohl einer meiner Brüder, er war zu jener Zeit Vorsitzender des Sportausschusses des Bundestages, sehr bemüht war, die Sowjets umzustimmen, blieben diese unnachgiebig. Das hing wohl auch mit den törichten deutschen Vorbehalten gegen eine Teilnahme Westdeutschlands an der Moskauer Olympiade zusammen. Hätte die Bundesregierung unser Vorhaben unterstützt, was in Frankreich etc. wohl geschehen wäre, hätten wir wahrscheinlich gleichwohl nach Moskau laufen dürfen.

Schon bei unserem Lauf von Bonn nach Paris fiel auf, wie ängstlich Presse und Politik reagierten. Möglicherweise fürchteten unsere insoweit stets auf dem Quivive seienden Bedenkenträger unangenehme Reminiszenzen unserer bekanntlich sehr nachtragenden gallischen Nachbarn.

28

Im Dauerlauf von Bonn nach Moskau

Ärztin fährt im Begleitauto mit

Von KLAUS KLEINÖDER

exp Bonn — So weit die Füße tragen. Für vier Bonner soll dies Moskau sein. Im Dauerlauf will das Beamten-Quartett die Olympiastadt im nächsten Jahr erreichen. Es wird der längste Marathonlauf sein, an dem je ein Deutscher teilgenommen hat: 2500 Kilometer. Täglich 70 Kilometer stehen auf dem Programm des Läuferquartetts, das von einer Ärztin und einem Dolmetscher begleitet wird.

Die vier Bonner sind die ersten Olympiateilnehmer, die feststehen: Hermann Evers (44), Regierungsdirektor, Roland Schmerler (51), Oberzugführer, Bernd Schneider (38), Sparkasse, und Wilfried Wilke (35), Oberstudienrat.

Das Quartett ist Mitglied im SSV Merten, wo auch der Startschuß am 20. Juni 1986 fallen soll. Um exakt 15 Uhr, denn die Dauerläufer haben mit einer Präzision einen Strecken- und Zeitplan ausgearbeitet, der jedem Organisationskomitee von Olympischen Spielen zur Ehre gereichen würde.

Dabei ziehen sie Nebenstraßen auf ihrem Trip vor, Wilke zu EXPRESS. „Wir wollen möglichst wenig Autoabgase einatmen." So muß auch das Reisemobil in gebührendem Abstand hinter ihnen herfahren. Drei „Mann" sind hier an Bord: Peter Habbig, ein Bonner Schlosser, als Fahrer, ein Mathematiker als Dolmetscher und Renate Evers als Ärztin. Sie ist die einzige Ehefrau im Troß der Läufer.

Fünf Wochen sind sie unterwegs. Rechtzeitig zum Startschuß des Marathonlaufs wollen sie in der Olympiastadt eintreffen.

Fest täglich sind die „glorreichen Vier" jetzt auf den Pisten im Vorgebirge anzutreffen, wo sie sich die Kondition für die 2500 Kilometer von Merten nach Moskau holen wollen. Ihr Projekt, für das Wilke als Pauker noch einmal die Schulbank drückt, um Russisch zu lernen, wird 20 000 Mark kosten.

Der Lauf, bei dem drei Grenzen überschritten werden, hat aus formalen Gründen für Wirbel ausgelöst, denn die Aktion der Bonner benötigt umständliche Genehmigungsprozeduren. So beschäftigen sich mittlerweile das Auswärtige Amt, der Deutsche Bundestag, das Sowjetische Olympische Komitee und die deutschen Botschaften in Warschau und Moskau mit dem Dauerlauf der Bonner in die russische Metropole.

Das sind die Mertener Moskau-Läufer mit Ärztin Dr. Evers und Dolmetscher Rolf Jäserich als Radbegleiter.

29

Am ersten Tag liefen wir vom Rosengarten über Bozen bis zum Fedaiasee am Fuße des Marmolata, die wir gegen 3 Uhr am nächsten Morgen zum Teil bestiegen, um anschließend nach Cortina d'Ampezzo zu laufen.

Durch die Ampezzaner Dolomiten ging es dann auf zum Teil Schwindelfreiheit voraussetzenden Pfaden zur Giaf-Scharte, wo wir das Hochgebirge verließen, um Friaul in Richtung Slowenien zu durchqueren.

Am dritten Tag übernachteten wir in der Giaf-Hütte. Dort verlor Wulf seine teure Zahnspange. Er teilte uns den Verlust aber erst am nächsten Tag mit, als wir schon 100 km weiter in Venzone in Friaul waren. Wir mußten also wieder zurück ins Hochgebirge. Vergeblich durchwühlten wir im Morgengrauen des vierten Tages sämtliche Mülltonnen der Hütte.

Am sechsten Tag, Mittwoch, den 16. Juli, machten wir einen Abstecher nach Aquileja, eine ehemalige Hafenstadt und jetzt neun Kilometer (Stand 1892) vom Meer entfernt. Einst gingen von hier aus Straßen nach Noricum, Pannonien, Istrien und Dalmatien. An den Mauern Aquilejas scheiterte 167 nach Christo der Vormarsch der Markomannen und Quaden. Erst Attila gelang es, die Stadt, einst die viertgrößte des Römischen Reiches, zu erobern und zu zerstören. Die Überlebenden flüchteten auf die nahen Laguneninseln, dem späteren Venedig. So, wie 1500 Jahre später »Bomber Harris«, leistete Attila »ganze Arbeit«, so daß wir nur noch einige Säulen aus römischer Zeit fanden.

Nach Durchquerung des Birnbaumer Waldes war Aquileja die erste größere Stadt im Römischen Reich und lag zudem am Meer. So wurde es ein Endpunkt der Bernsteinstraße. Damit hängt es wohl zusammen, daß viele der etwa 2000 Einwohner (1980) »stahlblaue Augen und feuerrote Haare« haben sollen.

Aquileja heißt auf slowenisch übrigens »Ogleg«.

30

Da wir wegen des schlechten Wetters in den Nordalpen umdisponiert hatten und südlich der Wetterscheide liefen, hatten wir keine genauen Karten, sondern mußten uns mit einheimischen Karten behelfen. Sie wiesen zum Teil nicht vorhandene Wege und Orte aus, was uns in große Schwierigkeiten und einige sogar in Lebensgefahr brachte.

Verwirrend war auch, daß die Orte zum Teil unterschiedliche Namen trugen. So suchten wir in einer italienischen Karte den Campingplatz in Bovec am Isonzo vergeblich. Der Ort hieß auf italienischen Karten »Plezzo« und auf älteren deutschen Karten »Flitsch«.

Das Anfertigen zuverlässiger Landkarten ist außerhalb des deutschen Sprachraums nicht selbstverständlich.

Ein Stoßtruppführer aus dem Ersten Weltkrieg erzählte mir vor Jahrzehnten, daß Stoß- und Spähtrupps der westlichen Alliierten oft zum Ziel hatten, deutsche Karten des Kampfgebietes zu erobern. Sie waren wesentlich genauer als französische Landkarten.

An der k. u. k.-Festung Flitscher Klause endete der italienische »Spaziergang nach Wien« und begann die Karriere Erwin Rommels, der 1917 an der Spitze eines Württembergischen Gebirgsbataillons die Front durchbrach und Caporetto (»Karfreit« auf deutsch und »Kobarid« auf slowenisch) zum italienischen Waterloo machte.

Am siebten Tag, Donnerstag, den 17. Juli, liefen wir von Bovec durch das wunderschöne und einsame Isonzotal über den Vrsic- und Wurzenpaß zum Faaker See.

Die Zahl der in den zwölf Isonzoschlachten Gefallenen wird mit rd. 300 000 angegeben.

31

Am achten Tag durchquerten wir Kärnten und überschritten am Freitag, dem 18. Juli, bei Bleiburg die slowenische Grenze.

Hier lieferten Engländer und Waliser – im wesentlichen waren es die »Welsh Guards« –, an die 280 000 Kroaten und königstreue Serben den Tito-Partisanen ans Messer. Die meisten wurden durch Genickschuß »liquidiert«. Kaum einer überlebte.

Der für das Abschlachten der Kriegsgefangenen verantwortliche General Popovitsch wird jugoslawischer Außenminister und erhält hohe Auszeichnungen Britanniens und der Vereinigten Staaten von Amerika.

Als weiteren Treffpunkt hatten wir am neunten Tag eine in der jugoslawischen Karte deutlich ausgewiesene Hütte über Jured im Drautal vereinbart. Ohne im Besitz einer zweiten Karte zu sein, trennte ich mich gegen Mittag in Drauburg (Dravograd) von der Gruppe, da ich – im Gegensatz zur Gruppe – tagsüber im allgemeinen nichts aß, sondern es vorzog, durchzulaufen, um früh das Etappenziel zu erreichen. So hatte ich lediglich den Namen der Talstation (Jured) und den Namen der Hütte im Kopf und orientierte mich im übrigen am Flußlauf. In Jured mußte ich feststellen, daß es weit und breit keine Hütte dieses oder eines anderen Namens gab und nie gegeben hatte.

Die nächste, ca. 20 km entfernte Ribice- oder Rübezahlhütte nahm keine Deutschen auf und eine Telefonverbindung mit Deutschland, dort hatten wir für Notfälle eine Kontaktadresse vereinbart, kam nicht zustande. So bedurfte es großer Findigkeit, damit sich am folgenden Tag alle drei »Truppenteile« in Marburg an der Drau wieder vereinigten.

In der Steiermark hinter Graz, die wir am folgenden Tag durchliefen, brachen Helmut Brenig und Bernd Schneider den Lauf ab. Sie waren die Schnellsten und Jüngsten. Brenig war in Biel die 100 km in 8.30 Stunden gelaufen, während meine Bestzeit über 100 km 9.29 Stunden

32

beträgt; Schneider lief die Marathondistanz in rd. 2 1/2 Stunden und damit fast eine Stunde schneller als ich. Gleichwohl verloren sie als erste die für einen solchen Lauf erforderliche Leistungs- und Leidensbereitschaft.

Die auf drei Mann geschrumpfte Gruppe setzte von Frohnleiten an der Mur aus ihren Lauf Richtung Norden fort.

Während in den südlichen Alpen das Laufen in kurzer Hose und Turnhemd – ein Schneehemd für den Notfall um den Bauch gewickelt –, eine Lust ist, kann es in den nördlichen Ostalpen zur Qual werden.

Die auf der Haller Mauer über Admunt gelegene und angeblich geöffnete Hütte war geschlossen, so daß wir im Schneetreiben und Schneematsch mit unseren Laufschuhen und dünnen Socken sehr froren.

Gleichwohl sind nach meiner Meinung Läufer, die mit Karte und Kompaß umgehen können, auch im Hochgebirge weniger gefährdet als die meisten Rucksackwanderer. Sie können durch Steigerung der Laufgeschwindigkeit ihre Körpertemperatur erhöhen und so gleichzeitig schneller aus Gefahrengebieten gelangen als Wanderer mit schweren Bergschuhen und Gepäck.

Am zwölften Tag machten wir mit dem PKW einen Abstecher zum Kloster Melk und liefen dann von der Donau bis Freistadt kurz vor der böhmischen Grenze.

Am 13. Tag erreichten wir hinter Freistadt die tschechoslowakische Grenze. In Böhmen folgten wir dem Lauf der Moldau bis Krummau.

Die Moldau ist mit einer Länge von 405 km der längste Fluß Böhmens. Sie entspringt in 1179 m Höhe im Böhmerwald. In 509 m Höhe liegt das prächtige Krummau. Krumme Aue – »Krumbe Ouwe« im Altdeutschen – nannten deutsche Siedler einst diesen Ort, weil die Moldau dort fast einen Kreis bildet.

Die Stadt wird überragt von dem auf steilem Fels errichteten Stammsitz des Geschlechts der Rosenberger, geziert vom »Hungerturm«, dem schönsten Renaissanceturm Böhmens, wie es heißt.

Im Jahre 1609 sprang der älteste Sohn Kaiser Rudolfs II., Don Julius Caesar d'Austria, Graf von Krummau, von diesem Turm, seinem Gefängnis, in den Tod. Er litt an der »Habsburger Umnachtung« und hatte – wohl wegen des ererbten Wahnsinns – auf dem Hradschin seine Geliebte erschlagen und zerstückelt.

Die Rosenberger waren nebst den Königen von Böhmen das mächtigste Adelsgeschlecht Böhmens. Sie residierten während dreier Jahrhunderte auf Burg Krummau, der größten böhmischen Veste nach dem Hradschin.

Der letzte Sproß dieser Sippe war Graf Wilhelm von Rosenberg, Ritter vom Goldenen Vlies, Burggraf von Prag, Vizekönig und Kanzler von Böhmen. Nach seinem Tode kaufte Kaiser Rudolf II. die Grafschaft.

Am 14. Tag, Donnerstag, den 24. Juli, übernachteten wir in Budweis. Statt mir ein Taxi zu unserem Nachtquartier zu bestellen, gab mir der unfreundliche Wirt des Gasthauses, in dem wir uns befanden – wohl ein Deutschenhasser –, den Telefonhörer in die Hand. Am anderen Ende der Leitung sprach jemand böhmisch. Ich bat um ein Taxi, war aber nicht sicher, ob der Böhme mich verstanden hatte. Sodann warteten wir vor der Gastwirtschaft auf das bestellte oder ein anderes Taxi. Alsbald näherte sich ein Fahrzeug mit einer Art Lampe auf dem Dach. Ich hielt es an und öffnete die Tür, um Renate einsteigen zu lassen. Es war jedoch ein Fahrzeug der tschechischen Miliz. Renate gelang es, den wutschnaubenden Milizionär zu beruhigen.

34

Am 15. Tag, Freitag, den 25. Juli, besichtigten wir Prag.

Später erfuhr ich, daß Peter Parler, der Erbauer der Prager Karls-brücke, dem Mörtel rohe Eier beimischen ließ. Wie mir meine Mutter beim Besuch der bei Thann gelegenen Engelburg im Jahre 1941 erzählte, wurde auch der Mörtel dieser elsässischen Burg mit Eiern gehärtet, so daß der Turm bei dessen Sprengung durch die Franzosen im Pfälzischen Erbfolgekrieg zum Teil erhalten blieb.

Bis Melnik, am Zusammenfluß von Elbe und Moldau, fuhren wir mit dem Kraftfahrzeug, da es unangenehm ist, durch Industriegebiete und größere Städte zu laufen. Dazu kam, daß das Laufen in der dritten Woche immer mühseliger wurde. Zwar gab es keine Beschwerden an Haut, Knochen oder Organen, jedoch ließen die Lust am Laufen und die Energie nach. Auch »Champ«, ein Elektrolytgetränk, das ich in der dritten Woche versuchsweise zu mir nahm, führte zu keiner Veränderung.

Am 17. Tage kamen wir durch das zwischen Melnik und Turnau gelegene Städtchen Münchengrätz. Fast überall hatten die Tschechen versucht, die Spuren der seit Jahrhunderten hier siedelnden Deutschen unkenntlich zu machen. Sie, die Deutschen, hatten das Land erst urbar gemacht. Deshalb waren wir überrascht, in Münchengrätz ein Denkmal zu finden, das an die 1866 dort gefallenen Österreicher und Sachsen erinnerte. Ich musste die Literatur zu Rate ziehen und las folgendes:

Die Elbarmee wollte hier das feindliche Heer umzingeln. Die Österreicher hatten dies jedoch vorausgesehen und zogen sich rechtzeitig aus der Schlinge. Der Korrespondent der »Times« schrieb: »Das österreichische Corps blieb nicht in der Mausefalle, doch trug es, um sich zu befreien, eine Verletzung davon.«
Diese »Verletzung« belief sich auf rund 1600 Mann, zur Hälfte Gefangene, während die Preußen lediglich 331 Mann einbüßten.

Fontane zitierte den Bericht eines Kriegsteilnehmers, der behilflich sein könnte, dieses Mißverhältnis zu erklären:

»Die einzige Rettung war, daß wir dem Feinde entgegengingen, 4 gegen 22. In einer Reihe laufend, brüllend wie Besessene, stürmten wir vor. Jetzt waren wir bis auf zehn Schritte heran und schlossen unsere Rechnung mit dem Himmel, – da, von panischem Schrecken ergriffen, wandte sich der Feind und floh, so schnell ihn die Beine tragen wollten ...

Kaum zehn Schritt weiter stand ein massives Heiligenhäuschen; hinter dieses hatten sich die Österreicher geflüchtet. Wir vier Preußen warfen uns zwanzig Schritte davor in einen kleinen Graben, aber kaum lagen wir da, als plötzlich hinter der Wand des Heiligenhäuschens Gewehre mit weißen Taschentüchern an den Bajonetten hin her geschwenkt wurden. Das Zeichen der Ergebung. Wir nahmen 18 Mann gefangen.«

Eine weitere Erklärung für den Sieg der Preußen könnte sein, daß eines der beiden Regimenter, gegen die die Preußen fochten, aus Italienern bestand, die sich in großer Zahl unverwundet gefangennehmen ließen.

Auch Bismarck ging in einem Brief vom 1. Juli 1866 an seine Frau auf dieses Gefecht ein, indem er von der vermeintlichen Tücke des Gegners berichtete: »Unter dem Vorwand, den Preußen ›einen guten Trunk reichen zu wollen‹, seien 60 von ihnen in einen Keller gelockt worden und dann durch den Brand eines Fasses mit Branntwein, das am ›Ausgange des Kellers angezündet wurde‹, verräterisch ermordet worden.«

Später stellte sich heraus, daß zechende Soldaten aus Unvorsichtigkeit oder Übermut Feuer in ein Faß geworfen hatten. Fontane schrieb: »Man sollte solche Dinge nicht eher glauben, als bis sie bewiesen sind, um die Menschen davon abzuhalten, rachsüchtig zu Kannibalen zu werden.«

36

Hinter Turnau kamen wir in das Sudetenland. Es ist bemerkenswert, wie gründlich jede Spur, die an die ehemals deutsche Besiedlung dieses Gebietes erinnern könnte, getilgt worden war.

Während des Laufes durch das Sudetenland stellten wir uns die Frage, warum es keine Sudetenösterreicher gibt, sondern nur Sudetendeutsche, obwohl doch das Sudetenland einst Teil Österreichs war!

In der k. u. k.-Volkszählung von 1910 tauchte der Begriff »Österreicher« nicht auf, denn österreichische Staatsangehörige waren auch Kroaten, Ruthenen, Italiener, Polen etc. Vielmehr wurde bei der Volkszählung nach der Volkszugehörigkeit unterschieden. Da es kein österreichisches Volk gab, wurden natürlich die österreichischen Staatsangehörigen, die Deutsche waren, auch als solche bezeichnet!

Unweit von Turnau befinden sich die Ruinen der Burg Waldstein, dem Stammsitz der Wallensteins. Albrecht von Wallenstein schrieb sich »Waldstein«, was, so Golo Mann, im tschechischen »Walstein« ausgesprochen wurde. Er schreibt:

»Daß aber ein slawisches Geschlecht einen deutschen Namen hatte, erklärt sich ohne Mühe. Die Herren nannten oft sich nach Burgen, die ihnen deutsche Baumeister gebaut, und denen deutsche Baumeister den Namen gegeben hatten: Sternberg, Rosenberg, Michelsberg, Wartenberg, Löwenberg, Rotstein und andere mehr und so auch Waldstein. Als das geschah, im 13. Jahrhundert, fiel es niemandem ein, einen Verrat an der Nation darin zu sehen.«

Am 20. Tag stiegen wir in Wanderkleidung auf den Gipfel des Riesengebirges. In Laufkleidung wären wir schwerlich hinaufgekommen, da der einzige Anstieg vom Elbetal aus, der zwischen Polen und der Tschechoslowakei verlaufende »Weg der Völkerfreundschaft«, für Deutsche (West wie Ost) gesperrt war und wir in Laufkleidung als solche erkannt worden wären.

37

Das Riesengebirge ist das Kernstück der etwa 300 km langen und von Deutschen urbar gemachten Sudeten, das bis Kriegsende als schönstes deutsches Mittelgebirge galt. Das Riesengebirge zeichnete sich vor den anderen deutschen Mittelgebirgen neben seinen dichten Wäldern durch den raschen Wechsel des landschaftlichen Bildes aus: »Das Reich Rübezahls steigt jäh aus dem lieblichen Hirschberger Tal zum felsigen schroffen Hochgebirge empor. Mit steigender Höhe nimmt die Temperatur ab, und zwar wegen seiner exponierten nordöstlichen Lage schneller als in den Alpen. Damit wird auch die Zahl der Insekten schnell geringer. Die Insektenblütler müssen daher alle Anstrengungen machen, damit sie von den wenigen Bestäubern beachtet werden. So sind Berganemone und Waldgeißbart hier wesentlich prächtiger als die Vettern im Flachland. Die Berganemone des Riesengebirges hieß früher auch Rübezahls Bart oder Teufelsbart.«

Bevor es möglich wurde, die Höhe der Berge in den Alpen halbwegs genau zu messen, nahm man übrigens an, daß die 1602 m hohe Schneekoppe der höchste Berg des Reiches sei. Zu dieser Annahme trug bei, daß sich die Koppe – von Schlesien aus gesehen – fast wie ein Monolith aus der Ebene erhebt.

Vermutlich werden seit jener Zeit nur noch wenige die Koppe zu Fuß besteigen. Die meisten benutzen jetzt wohl die Seilbahn.

Es ist noch nicht lange her, daß die »Koppenträger« den Bedarf der auf dem Gipfel gelegenen einstigen preußischen und böhmischen Baude auf ihrem Rücken transportierten. Der 1964 gestorbene Robert Hofer soll sogar eine Registrierkasse im Gewicht von 140 Kilo und – für die meteorologische Station auf dem Gipfel – ein Stahlrohr von 160 Kilo Gewicht gebuckelt haben!

Am 19. Tag, Montag, den 28. Juli, erreichten wir die Spindelmühle am Fuße der Schneekoppe. Auf dem dortigen Zeltplatz lernten wir ein Ehepaar aus Parchim in Mecklenburg kennen. Er war Hauptmann der NVA. Wilfried hatte um sechs Flaschen Krimsekt gewettet, daß er bis zur Schneekoppe sein Gewicht auf 70 Kilo reduzieren würde. Diese Wette verlor er. Die Frau des Hauptmanns hatte Geburtstag. Also luden wir die beiden ein. Nach der ersten Flasche erklärte der Hauptmann, daß er überzeugter Kommunist sei. Nach der dritten Flasche meinte er, die Amerikaner seien blöd gewesen, daß sie Sachsen und Thüringen geräumt hatten. Nach der vierten Flasche äußerte er sein Bedauern darüber, daß er 1952 der Einladung seines in Kanada lebenden Onkels nicht gefolgt sei. Nach der fünften Flasche jammerte er darüber, daß er erst nach der Pensionierung in den Alpen wandern könne. Nach der letzten Flasche sang ich nach der »Capri-Fischer«-Melodie:

Wenn die Rote Flotte bei Danzig im Meer versinkt
Und Marschall Gretschko auf dem Wenzelsplatz am Galgen
schwingt
Zieh'n die Grenis mit ihren Leos in Moskau ein
Und dann wird auf der Welt endlich Friede sein.

Wir waren sehr erleichtert, als uns am nächsten Morgen nur freundlich feixende Gesichter anblickten!

39

Sechste Etappe

1991

Schneekoppe – Westpreußen

An der Spindelmühle, am Fuße der Schneekoppe, endete, wie berichtet, der vorerst letzte Teil unseres Deutschlandlaufes.

Nach diesem Lauf fiel die Gruppe auseinander.

Meinen Söhnen Ingo und Wulf versprach ich je 1000 DM, wenn sie mit mir vom Riesengebirge zur Ostsee laufen würden. Wulf fiel jedoch in einen Steinbruch und hat seitdem Kniebeschwerden. Ingo verlor die Lust am Laufen und hatte gleichfalls Schmerzen im Knie. So dauerte es elf Jahre, bis ich den Lauf fortsetzen konnte.

Der Mitläufer hieß Udo Heck, 35 Jahre alt. Am Pfingstsonntag des Jahres 1991 fuhren wir gegen Mitternacht von Bad Schwalbach über Heidelberg (dort stieg Udo zu) und Görlitz nach Schmiedeberg am Fuß des Riesengebirges. Dort machten wir Quartier. Renate brachte uns und Flocki dann gegen 15 Uhr zu den Grenzbauden auf etwa 1000 m Höhe, so daß wir bis zum Gipfel nur noch etwa 600 Höhenmeter zurücklegen mußten. Auf der Schneekoppe wehte der Wind so heftig, daß mein Anorak und die Karte zerrissen. Der körnige Schnee wehte beim Abstieg waagerecht von vorn in die Augen, so daß wir nur wenige Meter weit sahen und nicht die etwa alle 10 m errichteten Markierungspfähle ausmachen konnten. Udo, der zu dünn angezogen war und weder Handschuhe noch Pudelmütze trug, zitterte wie Espenlaub. Ich fürchtete um sein Leben.

Diese plötzlichen Wetterveränderungen sind wohl auch der Grund für das Entstehen der Sage vom Rübezahl:

Rübezahl galt seit heidnischer Zeit als »Wettermacher« des Riesengebirges. Er sendet unerwartet Blitz und Donner, Nebel, Regen und Schnee, während eben alles noch im Sonnenschein lag. Er zeigt sich in aschgrauem Umhang wie Wotan in einem Wolkenmantel mit einer Sturmharfe in der Hand. Wenn er diese Harfe schlägt, dann stürmt es so heftig, daß die Erde bebt. Gegen gute Menschen ist er freundlich, wenn man ihn aber verspottet, dann rächt er sich fürchterlich.

In meinem »Meyer« von 1892 wird in diesem Zusammenhang das Wort »Zahl« abgeleitet vom altdeutschen »Zagel«. »Rübezahl« bedeutet demnach soviel wie »Rübenschwanz«.

Zum Glück entdeckten wir eine mit polnischen Grenzern besetzte Hütte. Sie trockneten unsere Kleider und Schuhe, gaben uns Tee und heißes Sauerkraut zu essen. Einer wies uns den Weg zum Skilift, an dem wir uns in Richtung Krummhübel orientieren konnten. Bei Einbruch der Dunkelheit kamen wir wieder in Schmiedeberg an. Wir waren in eine für das Riesengebirge typische Wettersituation geraten, die schon vielen Wanderern das Leben gekostet haben soll.

Das Bemerkenswerteste an Schmiedeberg und dem benachbarten Krummhübel ist die norwegische Stabkirche aus dem 12. Jahrhundert.

Es heißt, daß sich neuerdings viele polnische Paare – wie einst deutsche – in dieser Kirche trauen lassen.

Es ist eine echte norwegische Stabkirche aus dem 12. Jahrhundert. 1841 wurde sie an den preußischen König Friedrich Wilhelm IV. verkauft, zerlegt und mit dem Schiff nach Stettin befördert. Den ursprünglichen Plan, das Gotteshaus auf der Berliner Pfaueninsel wiederzuerrichten, gab der König auf, so daß es im Folgejahr ins Riesengebirge gebracht werden konnte, um der dortigen evangelischen Gemeinde zu dienen. Darum ragt nun aus den Andenkenläden Krummhübels und Schmiedebergs ein Stück Wikingerarchitektur heraus.

Am nördlichen Stadtrand von Waldenburg liegt Schloß Fürstenstein, neuerdings »Zamek Ksiaz« genannt, einst als »Schlesische Marienburg« bekannt. Fürst Pückler-Muskau zählte Schloß und Park zum Schönsten, was es im Reich und in Europa gab.

Lange Zeit residierten hier die böhmischen Kurfürsten und Könige, dann die Fürsten von Pleß. Nach dem Tode des letzten Fürsten von Pleß beschlagnahmte der Gauleiter Schlesiens das Schloß und ließ es als Führerhauptquartier herrichten.

1945 plünderten und verwüsteten unsere russischen und polnischen »Befreier« die »Perle Schlesiens«. Die Bibliothek mit 60 000 Bänden ging verloren.

Am dritten Tag erreichten wir mit knapper Not Breslau. Udos Fuß war geschwollen, wohl als Folge der Unterkühlung auf der Koppe. Er konnte nur noch unter großen Schmerzen laufen. Den Rest der Strecke bewältigten wir im PKW.

Der Besuch des Breslauer Ratskellers war leider kein »kultureller Höhepunkt«. Einst war der Besuch dieser Gaststätte das Nonplusultra eines Aufenthaltes in Schlesiens Hauptstadt. Es heißt, daß mancher, der dort nur ein Bier oder einen Schoppen trinken wollte, den Keller erst wieder verließ, wenn er kein Geld mehr hatte oder wegen Trunkenheit ins Freie befördert wurde. Auch Kaiser Sigismund soll sich einmal inkognito dort aufgehalten haben, um zu erfahren, was das Volk über ihn denkt und sagt. Von dem, war er über sich hörte, war er so empört, daß er vor Verlassen des Lokals geschrieben haben soll: »Wenn mancher Mann wüßte, wer mancher Mann wär, tät mancher Mann manchem Mann manchmal mehr Ehr.«

Gut 500 Jahre später war die Herrlichkeit von ehedem sozialistischer Tristesse gewichen. Wir waren die einzigen Gäste. Die Speisekarte hätte die einer Bahnhofskneipe in Hinterpommern sein können. Das

Bier war lauwarm. Einzige Zierde des ungastlichen Gewölbes war ein Aquarium mit einem Goldfisch!

Zur Ehrenrettung der Polen muß gesagt werden, daß sie die Innenstadt Breslaus besser restauriert haben als es die geschichtsvergessenen Deutschen getan hätten – siehe Ostberlin etc.

Bald hinter Breslau endet Schlesien. Wir kamen in das ehemalige Königreich Polen und erlebten die einst sprichwörtliche »polnische Wirtschaft«.

Preußen hatte im 19. Jahrhundert das höchste Bildungsniveau Europas. 1818 waren lediglich 332 Rekruten ohne Schulbildung. Sie kamen alle aus dem ehemaligen o.g. Königreich!

KHP dieses Laufes war der 718 m hohe Zobten, zwischen Schweidnitz und Breslau gelegen; ein Wahrzeichen Schlesiens und einst Heiliger Berg der Vandalen. Aus dem Mittelalter ist der Berg als »Mons silecii« überliefert, d.h. Berg der Sielinger. Die Sielinger waren der Hauptstamm der Vandalen, die wohl von Schlesien aus ihre lange Wanderung nach Afrika begannen.

Rund um die Bergspitze stehen Skulpturen aus jener Zeit: »Jungfrau mit dem Fisch«, »Bär«, »Eber« etc. hießen sie im Volksmund. Sie sind zum Teil verziert mit dem indogermanischen Sonnenrad; »Swastika« im Sanskrit und »Hakenkreuz« im Deutschen genannt.

Rechtzeitig vor Sonnenuntergang erreichten wir Thorn, den ersten Brückenkopf des deutschen Ritterordens auf dem östlichen Weichselufer.

Im Auftrage Hermanns von Salza überquerten sechs Ordensritter im Jahre 1230 die Weichsel. Das Fähnlein wurde angeführt von Hermann Balk, dem späteren »Magister Slavoniae et Prussiae« und Meister in Livland. In der »Chronika von Pruzzinland« heißt es:

Ein groze eiche af eine hubele da stunt
auf die este
machten sie erkre Veste
geordint wol mit Zinnen
nâch werlîchin sinnen.

Zur im Jahre 1230 erfolgten Gründung der leider dem Erdboden gleichgemachten Ordensburg, deren Vorgänger wohl die vorgenannte Baumburg war, kam es vermutlich deshalb, weil bis hierhin seegängige Koggen kamen. Sie brachten u.a. das Kupfer der Karpaten bis nach Brügge, Bergen, Nowgorod oder einer anderen Hansestadt.

Wegen des fehlenden Rückhalts des Ordenslandes im Reich versuchten die ostdeutschen Städte, soweit sie Zugang zum Meer hatten, bei der Hanse Schutz zu finden. Das erklärt auch die enge Bindung Thorns an Flandern.

Nach der Satzung der »Gemeenen Koeplude uten Roomschen Rike von Alemanien« aus dem Jahre 1347 konnte nur ein Deutscher aus einer Hansestadt Aldermann in Flandern werden.

Die enge Verbindung zwischen den Hansestädten ergibt sich auch daraus, daß in vielen Hansestädten, so in Danzig und Reval, der beherrschende Turm den Namen »Kiek in de Kök« oder wie in Pasewalk – auch einer Hansestadt – »Kiek in de Mark« trug.

Die Legitimation zur Besiedlung des Landes ostwärts der Weichsel erhielt der Orden mit der »Goldenen Bulle« aus dem Jahre 1226. In dieser Urkunde erklärt Friedrich II. von Hohenstaufen gegenüber Hermann von Salza:

»Daher haben wir dem Meister die Vollmacht erteilt, in das Preußenland mit den Kräften des Ordenshauses einzudringen und überlassen und bestätigen dem Meister, seinen Nachfolgern und seinem Hause

44

für immer besagtes Land wie auch alles Land, das er mit Gottes Zutun in Preußen erobern wird.«

Hinter dieser Ermächtigung steht die Auffassung, daß dem Kaiser als Statthalter Christi auf Erden in weltlichen Dingen alles Heidenland als herrenlos gehöre.

Schon 250 Jahre später hatte sich übrigens die Welt gründlich zum Schaden des Reiches verändert. 1493 erklärte Papst Alexander II. dem spanischen König: »Aus unserer eigenen Machtvollkommenheit und ohne jede Beeinflussung von irgendeiner Seite übergeben wir als Träger der höchsten apostolischen Gewalt alle nun entdeckten Länder und Inseln an Sie und Ihre Erben, vorausgesetzt, daß sie nicht einem anderen christlichen König gehören.«

Die Zeit indessen, sie eilt im Sauseschritt. Bereits 1567 ging Francis Drake auf Kaperfahrt nach Südamerika und machte den Spaniern ihr Privileg streitig – sein Schiff war die »Jesus of Lübeck«, ein altes Orlogschiff der Hanse.

Durch den Zuzug von Kaufleuten, Fernhändlern und Handwerkern – zumeist aus Dortmund und Soest – blühte Thorn schnell auf. Gehandelt wurde mit Pelzen, Getreide, Wachs, Fellen, Eschenholz für englische Langbogen, Asche, Honig, Pech und – vor allem – Kupfer aus den Karpaten. Von den rd. 200 Kaufleuten in Thorn handelten im 14. Jahrhundert 48 mit Kupfer.

Im Jahre 1403 erlangte Thorn ein Stapelrecht für Metalle und Pelzwerk. 1420 machten sich auf Wunsch und mit Billigung Kaiser Sigismunds je ein Kaufmann aus Danzig und aus Thorn auf, um zu erkunden, »wy man die Strasze ken Caffan kunde vinden«.

Gemeint ist die genuesische Kolonie auf der Krim, die jetzt den Namen »Feodosia« trägt. Aber erst der flandrische Ritter Gilbert de Lannoy, der 1421 im englischen Auftrag reiste, fand die legendäre »Tatarenstraße«, die von Thorn über Lemberg nach »Kaffa« führte.

Thorn konkurrierte mit dem weiter flußaufwärts gelegenen Krakau.

Neuerdings behauptet sogar die FAZ, Kopernikus sei ein Pole. Bald wird wohl auch Kant zu einem Russen mutieren.

»Kupfernickel«, auf plattdeutsch »Coppernick«, wurde früher ein Mineral genannt, das den Anschein erweckt, man könne daraus Kupfer erschmelzen, was aber nicht gelang. Deshalb glaubten die Deutschen im Mittelalter, ein boshafter Berggeist, ein »Nick«, wolle die Bergleute foppen. Aus »Nick« wurde später Nickel.

Die Ansicht Thorns vom anderen Weichselufer galt einst als eine der schönsten Veduten des Reiches, wie es in einem Reiseführer aus der Kaiserzeit heißt.

In Thorn, der einstigen Perle Westpreußens, gab es nur ein Hotel. Rote Lampen ließen darauf schließen, daß es nicht nur der Übernachtung von Reisenden diente.

Wir meldeten ein Ferngespräch in die Heimat an. Kurz nach Mitternacht, viele Stunden nach der Anmeldung, hämmerte jemand an unsere Tür. Die Verbindung nach Deutschland war hergestellt. Da die betrunkenen Polen gewaltig lärmten, bekam Renate einen großen Schreck.

Am nächsten Morgen, einem Werktag, lärmten die Polen immer noch. Vermutlich waren sie arbeitslos.

Sodann besichtigten wir die, wie es schien, heil gebliebene Altstadt von Graudenz.

46

Die Stadt war von Friedrich II. zu einer starken Festung ausgebaut worden und verteidigte sich in den Jahren 1806 und 1807 unter Wilhelm de Courbière mannhaft gegen die napoleonischen Truppen.

Graudenz besaß die zweitlängste Eisenbahnbrücke des Reiches und zählte 1910 neben einigen Polen 33 000 Deutsche und neun Kaschuben. Vor den Toren der Festung wurde 1410 der Verräter geköpft, der durch seinen Frontwechsel die Schlacht von Tannenberg zugunsten der Polen und Litauer entschied. Über ihn heißt es in der oben erwähnten Chronik:

> Ein Bannerführer im Colmischen Land
> de führte im Strite die Banner nit
> als ein Biedermann
> in Grudenz ward he geköppt.

Der französische Unterhändler Savary versuchte, die Übergabe zu erreichen, indem er den angeblichen Tod Friedrich Wilhelm III. meldete. Courbière, der preußische Festungskommandant, soll geantwortet haben: »Nun, wenn es keinen König von Preußen mehr gibt, so bin ich König von Graudenz.«

Am fünften Tag besichtigten wir die im Scheitelpunkt der Aufmarschlinie des Ordens gelegene Marienburg: die gewaltigste Festungsanlage zwischen dem Kreml und dem Hradschin, die jedoch durch ihre Formschönheit Kreml, Hradschin, Alhambra und alle anderen vergleichbaren Bauwerke übertrifft.

Im Jahre 1309 wurde der Sitz des Ordens von Venedig in die Marienburg verlegt. Sie wurde in der Folge zum größten Kunstwerk gotischer Backsteinarchitektur. Dies gilt insbesondere für den zur Nogat hin gelegenen Palast des Hochmeisters.

47

Heinrich von Plauen, Komtur von Schwetz, verteidigte die Burg 1410 nach der Niederlage von Tannenberg erfolgreich gegen die Polen. Durch Verrat der zusammen mit Deutschen die Burg verteidigenden böhmischen Söldner fiel sie 1456 an den König von Polen mit der Folge, daß ganz Westpreußen der polnischen Krone anheimfiel, wenn auch Thorn und Danzig völkerrechtlich unabhängig blieben.

Vergeblich suchten wir die Kanonenkugel, die bis 1945 im Eingangstor zur Festung steckte und die Renate noch gesehen hat.

Am Frischen Haff wendeten wir in Richtung Westen. Auf dem Rückweg fuhren wir über Gnesen, einen polnischen Wallfahrtsort.

Hier wurde ein gewisser Mesco im Jahre 966 getauft. Es wird von den Polen wieder einmal verschwiegen, daß Gnesen nicht wegen des Heiden Mesco, sondern wegen Adalbert, dem »Apostel der Preußen«, Wallfahrtsort und geistliches Zentrum Polens wurde!

Im Jahre 997 erschlugen ihn die Preußen. Er wurde im Dom zu Gnesen beigesetzt, nachdem sein Leib von den Christen mit Gold aufgewogen worden war.

Der aus der Art geschlagene Kaiser Otto III. – seine Mutter war eine Griechin, das deutsche Wesen stieß ihn ab –, wallfahrte auf Betreiben des Papstes im Jahre 1000 (!) nach Gnesen und machte es zum Erzbistum mit sieben Bistümern, darunter Kolberg, Breslau und Krakau. Gnesen erhielt deutsches Stadtrecht und wurde zur Krönungsstadt der Polen. Der Erzbischof von Magdeburg war nicht länger religiöses Oberhaupt Polens. Auf diese Weise schuf er, ein deutscher Kaiser, die Grundlage für einen polnischen Staat. Das Werk seiner Vorfahren, die Kolonisation des Ostens, wurde so entscheidend beeinträchtigt.

Mit 22 Jahren starb der mißratene letzte Ottone. Er war kein Mehrer des Reiches!

Siebente Etappe

1993

Swinemünde – Wolgast

Ein weiteres, wenn auch winziges Stück der am Deutschlandlauf noch fehlenden Strecke bewältigte ich im September 1993, indem ich am Marathonlauf von Swinemünde über Ahlbeck nach Wolgast teilnahm. In Swinemünde und Ahlbeck war ich zuletzt im Sommer 1942 mit meinen Eltern gewesen. Seitdem hatte sich viel ereignet.

Am 12. März 1945, der Krieg war längst entschieden, griffen 700 US-Bomber Swinemünde an, das mit 30 000 Flüchtlingen völlig überlaufen war. Die Amerikaner versenkten sieben Schiffe voller Flüchtlinge – fast alles Frauen, Kinder und Verwundete. Dann feuerten Tiefflieger in die Kolonnen der ca. 40 000 Flüchtlinge, die in Richtung Swinemünde unterwegs waren. Sie sollen 22 000 dieser Flüchtlinge »erlegt« haben. Sie wollten sich bei der Ermordung von Zivilisten wohl nicht von der Roten Armee übertreffen lassen.